Jane Eyre

FichesdeLecture.com

Jane Eyre
(Fiche de lecture)

I. RÉSUMÉ DU ROMAN

Jane Eyre est une jeune orpheline élevée par Mme Reed, sa riche et cruelle tante. Une servante appelée Bessie représente sa seule source de gentillesse, en lui racontant ses histoires et en lui chantant des chansons. Un jour, elle est punie pour s'être battue avec son intimidant cousin John Reed : Jane est enfermée par sa tante dans la chambre rouge, le lieu de la mort de son Oncle Reed. Alors qu'elle y est enfermée, Jane a l'impression de voir le fantôme de son oncle, hurle et s'évanouit. Elle se réveille alors que Bessie s'occupe d'elle, accompagnée de l'aimable apothicaire M.Loyd, qui suggère à Mme Reed d'envoyer Jane à l'école. Au grand plaisir de la jeune fille, Mme Reed est d'accord.

Une fois à l'école Lowood, Jane constate que sa vie est loin d'être idyllique. Le proviseur de l'école, M. Brocklehurst, est un homme hypocrite, cruel et violent. Il prêche une doctrine de pauvreté et prive ses étudiants de tout, tout en utilisant les fonds de l'école pour offrir un mode de vie opulent à sa famille. Jane se lie d'amitié à une jeune fille appelée Helen Burns, dont l'attitude de martyre à l'égard de la misère de l'école est à la fois utile et déplaisante aux yeux de Jane. Une épidémie massive de tuberculose balaie Lowood et emporte Helen. L'épidémie se traduit aussi par le départ de M. Brocklehurst, en attirant l'attention sur les conditions insalubres dans lesquelles vivent les élèves. Après qu'un groupe de sympathiques gentlemen aient pris la place de Brocklehurst, la vie de Jane s'améliore de façon spectaculaire. Elle passe huit ans de plus à Lowood, dont six en tant qu'élève et deux en tant que professeur.

Après avoir enseigné durant ces deux années, Jane aspire à de nouvelles expériences. Elle accepte un poste de préceptrice au compte du Manoir Thornfield, où elle dispense des leçons à une jeune Française, Adèle. La distinguée gouvernante, Mme Fairfax, est à la tête du domaine. Quant à l'employeur de Jane à Thornfield, il s'agit d'un homme obscur et passionné appelé Rochester, dont Jane tombe secrètement amoureuse. Un soir, elle sauve Rochester d'un incendie, dont il prétend qu'il a été déclenché par Grace Pool, une domestique apparemment ivre. Mais comme celle-ci garde son emploi à Thornfield par la suite, Jane en conclut qu'on ne lui a pas tout dit...

Un jour, Rochester ramène chez lui une femme belle mais très vicieuse, Blanche Ingram. Jane, découragée, s'attend à ce qu'il demande la nouvelle venue en mariage, mais au lieu de cela, c'est à elle qu'il fait sa demande, ce qu'elle accepte, incrédule.

Le jour du mariage arrive, et alors que Jane et M.Rochester s'apprêtent à échanger leurs vœux, la voix d'un certain Mason les interrompt en criant que Rochester a déjà une épouse. Mason se présente comme le frère de cette femme, une certaine Bertha. Il atteste que Bertha, que Rochester a épousée lorsqu'il était plus jeune et vivait en Jamaïque, est toujours vivante. Rochester ne conteste pas les affirmations de Mason, mais il explique que Bertha est devenue folle. La fête se poursuit à Thornfield, où ils sont témoins d'une scène étrange : Bertha Mason fait le tour des lieux à quatre pattes en grognant comme un animal. Rochester la cache au troisième étage et paie Grace Pool pour qu'elle garde sa femme sous contrôle. Bertha était en fait la véritable cause de l'incendie... Comprenant alors qu'elle ne peut pas rester avec Rochester, Jane s'enfuit de Thornfield.

Sans argent et affamée, Jane est obligée de dormir dehors et de mendier. Mais un jour, trois frères et sœurs habitant un manoir l'accueillent chez eux. Ils s'appellent Mary, Diana et St John Rivers, et Jane devient rapidement leur amie. Saint John, qui est pasteur, lui trouve un poste d'enseignante dans un établissement de bienfaisance. Un jour, il la surprend en lui annonçant que son oncle, John Eyre, vient de mourir et lui a légué une fortune de 20 000 livres. Jane, étonnée, lui demande comment il est au courant d'une telle nouvelle. Elle est profondément choquée d'apprendre que Jane et la famille Rivers sont en fait cousins, et qu'ils ont donc cet oncle en commun. Jane décide immédiatement de partager son héritage avec les trois nouveaux membres de sa famille.

St John décide de voyager en Inde en tant que missionnaire, et il demande instamment à Jane de l'accompagner, en tant qu'épouse. Jane accepte de partir pour l'Inde mais refuse d'épouser son cousin car elle ne l'aime pas. Saint John fait pression sur elle pour qu'elle change d'avis, et elle cède presque. Toutefois, elle se rend compte qu'elle ne peut pas abandonner pour toujours l'homme dont elle est véritablement amoureuse lorsqu'une nuit, elle entend la voix de Rochester l'appeler à travers la lande. Jane se précipite immédiatement à Thornfield et constate que l'endroit a été brûlé par Bertha Mason, qui a perdu la vie dans l'incendie. Rochester a sauvé les domestiques mais a perdu la vue et l'une de ses mains. Jane rejoint la nouvelle résidence de Rochester, Ferndean, où il vit avec deux domestiques, John et Mary.

À Ferndean, Rochester et Jane reconstruisent leur relation et se marient dans la foulée. À la fin de son histoire, Jane écrit qu'elle est mariée depuis dix années de pur bonheur et qu'elle et Rochester profitent d'une égalité parfaite dans leur vie commune. Elle dit aussi qu'après deux ans de cécité, Rochester a retrouvé la vision au niveau d'un œil et qu'il a été capable de voir leur premier enfant à sa naissance.

II. ANALYSE DES PERSONNAGES

Jane Eyre

L'évolution du personnage de Jane est au cœur du roman. Dès le départ, Jane a en elle un sens profond de dignité et de sa propre valeur, un engagement pour la justice, une grande confiance en Dieu et une disposition pour la passion. Son intégrité est constamment mise à l'épreuve dans le roman, et elle doit apprendre à trouver un équilibre entre les aspects conflictuels de sa personnalité, afin de parvenir au bonheur.

Orpheline depuis sa plus tendre enfance, Jane Eyre se sent à part et ostracisée dans les débuts du roman, et les traitements cruels que sa tante et ses cousins lui font subir ne font qu'aggraver ce sentiment d'aliénation. Craignant de ne jamais trouver sa propre communauté, qui l'accueillerait à bras ouverts, Jane ressent le besoin de se sentir chez elle quelque part, de trouver des « proches ». Ce désir tempère son autre besoin tout aussi profond, d'acquérir son autonomie et la liberté.

Dans sa quête de liberté, Jane se bat également avec la question du type de liberté qu'elle désire. Lorsque Rochester lui offre une opportunité de laisser libre cours à ses passions, Jane se rend compte qu'une telle liberté pourrait aussi signifier une sorte d'emprisonnement : en étant la maîtresse de Rochester, elle sacrifierait sa dignité et son intégrité au profit de ses sentiments. St John Rivers lui offre aussi une autre liberté, celle d'agir sans réserve sur ses principes. Il donne à Jane la possibilité d'exercer pleinement ses talents en vivant et travaillant avec lui en Inde. Jane finit par se rendre compte, cependant, que cette liberté serait aussi une sorte d'esclavage, car elle serait obligée de contenir ses véritables émotions et passions.

Charlotte Brontë a peut-être créé ce personnage comme un moyen d'assumer sa propre vie. De nombreux éléments laissent à penser que Brontë, elle aussi, a eu du mal à trouver un équilibre entre l'amour et la liberté, et à trouver des personnes qui la comprennent. À de nombreuses reprises dans le roman, Jane permet d'exprimer directement les opinions à l'époque radicale de l'auteur sur la religion, les classes sociales et l'égalité des sexes.

Rochester

En dépit de son attitude très sérieuse et de son physique pas particulièrement attrayant, Rochester conquiert le cœur de Jane et elle le considère comme son âme sœur. Le fait qu'il soit la première personne dans le roman a lui offrir un véritable amour et un vrai foyer n'est pas étranger aux sentiments de la jeune femme. Rochester est, d'un point de vue socio-économique, supérieur à Jane mais, bien que l'époque victorienne considère les hommes comme naturellement supérieurs aux femmes, Jane est son égale sur le plan intellectuel. En outre, après que leur mariage ait été interrompu par la révélation de Mason, Jane se montre supérieure moralement à son amant.

On voit dans le roman que Rochester regrette son passé libertin et de luxure. Néanmoins, cela prouve qu'à de nombreuses reprises il s'est montré plus faible que Jane. Celle-ci a l'impression qu'être sa maîtresse impliquerait la perte de sa propre dignité. En fin de compte, elle se sentirait dépendante de lui uniquement par amour, sans être pour autant protégée par un véritable mariage. Ainsi, Jane ne l'épouse finalement qu'après avoir obtenu sa propre fortune et trouvé sa famille. Elle attend le moment où sa pauvreté, sa solitude et sa vulnérabilité psychologique ne l'influencent plus dans ses choix. De plus, l'aveuglement de Rochester suite à l'incendie du manoir à la fin du roman l'a rendu plus faible, tandis que Jane a gagné en force ; donc lorsque l'héroïne écrit qu'ils sont égaux dans leur mariage, elle omet de préciser que la dynamique de leur couple a en fait basculé en sa faveur...

St John Rivers

Ce personnage, cousin de Jane, sert de faire-valoir à Rochester. Alors que ce dernier est passionné, St John est austère et ambitieux. Jane décrit souvent les yeux de son amant comme enflammés, alors que ses portraits de John sont associés à la roche, à la glace et à la neige.

Pour Jane, épouser Rochester représente l'abandon de ses principes pour suivre sa passion, mais épouser St John signifierait l'inverse, à savoir abandonner toute notion de passion pour suivre ses principes de vie. Lorsqu'il l'invite à le suivre en Inde, il offre à Jane la possibilité de faire une contribution significative à la société, beaucoup plus qu'en restant une femme au foyer en tout cas. Dans le même temps, la vie avec son cousin serait dépourvue d'amour véritable. Or cet élément est crucial pour Jane, qui a besoin de réconfort spirituel. L'indépendance serait ici synonyme de solitude, et se joindre à St John impliquerait pour Jane de négliger ses propres besoins d'amour et de soutien affectif. Sa prise en compte de l'offre de St John l'amène à comprendre, paradoxalement, qu'une grande partie de la liberté de quelqu'un peut se trouver au sein d'une relation, ou tout au moins d'une dépendance affective.

Helen Burns

Les deux jeunes femmes deviennent amies à l'école de Lowood. Helen est l'opposé de M.Brockelhurst sur de nombreux plans. Alors que ce dernier incarne une vision évangélique de la religion qui chercher à dépouiller les autres de toute fierté excessive ou de leur capacité à trouver du plaisir dans le monde matériel, Helen représente une forme de chrétienté qui met l'accent sur la tolérance et l'acceptation des autres. Le proviseur utilise la religion pour accroître son pouvoir sur les élèves, tandis qu'Hélène s'en remet à sa foi personnelle et, fidèle à la tradition chrétienne, tend sa joue aux politiques austères de Lowood.

Bien qu'Helen manifeste une certaine force et une maturité intellectuelle, ses efforts portent sur une négation d'elle-même plutôt que sur le fait de s'affirmer. Sa tendance à la soumission et à l'ascétisme met en lumière le caractère plus obstiné de Jane Eyre. Comme cette dernière, Helen est orpheline et rêve d'un foyer, mais elle croit qu'elle le trouvera au Paradis, et non dans le Nord de l'Angleterre...

Et bien qu'elle ne perde pas de vue les injustices dont les filles de Lowood sont victimes, elle croit profondément que la justice de Dieu punira les méchants et récompensera les bons. Jane, elle, est incapable d'un tel aveuglement dans la foi. Sa quête la porte vers l'amour et le bonheur dans ce monde. Néanmoins, elle compte sur Dieu pour la soutenir et l'orienter dans ses recherches.

III. PERSPECTIVES DE LECTURE

Le difficile équilibre entre autonomie et amour

Jane Eyre porte principalement sur la quête de l'héroïne d'un amour dont elle n'a pas bénéficié étant jeune. Jane ne cherche pas qu'un amour romantique, mais aussi un sentiment d'appartenance, d'appréciation et de valorisation de sa personne. Ainsi, elle déclare à Helen Burns qu'elle irait jusqu'à *« se casser volontairement le bras »* pour mériter son affection (chapitre 8). Pourtant, au cours du roman, Jane doit apprendre à gagner l'amour des autres sans se sacrifier ou se blesser dans cette recherche.

Sa crainte de perdre son autonomie motive son refus d'épouser Rochester. Elle pense que se « marier » avec lui alors qu'il est encore légalement lié à Bertha, faisant d'elle sa maîtresse, la mènera à sacrifier son intégrité au nom de sa satisfaction émotionnelle. D'un autre côté, sa vie à Moor House avec ses cousins la teste en sens inverse. Là, elle jouit d'une indépendance économique et financière et s'engage dans un travail utile et intéressant, l'enseignement aux plus pauvres ; et pourtant, elle manque de soutien affectif durant cette période de sa vie. Bien que St John lui propose de l'épouser, lui offrant ainsi un partenariat construit sur un objectif commun, Jane sait que leur union resterait dépourvue d'amour. Néanmoins, ces « tests » auxquels elle est confrontée à cette période sont nécessaires à son autonomie. C'est en effet seulement après s'être prouvé qu'elle est capable de s'auto-suffire qu'elle peut enfin épouser Rochester et ne pas être dépendante de lui. Comme Jane le dit d'ailleurs, *« Je suis la vie de mon mari tout autant que sa vie est la mienne »*. Elle montre ainsi qu'un mariage peut être une union d'égal à égal.

La classe sociale

Le roman est très critique de la stricte hiérarchie sociale typique de la société victorienne. Brontë explore la complexité des positions sociales tout au long de *Jane Eyre*. À l'instar de Heathcliff dans *Les Hauts de Hurlevent*,

Jane est un personnage à la position sociale parfois ambiguë et constitue, par conséquent, une source de tension pour les personnages qui l'entourent. Ses manières, son raffinement et son éducation sont ceux d'une aristocrate, ce qui peut être expliqué par le fait que les gouvernantes ou préceptrices de l'ère victorienne devaient posséder la « culture » de l'aristocratie pour pouvoir enseigner aux enfants de cette classe. Pourtant, en tant qu'employées, elles étaient plus ou moins traitées comme des domestiques. Ainsi, Jane reste pauvre et sans pouvoir durant tout son séjour à Thornfield. Elle se rend compte de cette double norme lorsqu'elle réfléchit à ses sentiments pour Rochester, dont elle est l'égale intellectuelle mais non sociale. Même avant la « crise Bertha Mason », Jane hésite à se marier, car elle a le sentiment qu'elle se sentirait redevable de Rochester et craint une certaine condescendance dans leur relation. Le Chapitre 17, qui la montre désespérée à ce sujet, est très révélateur de la position de l'auteur sur les attitudes de classe(s). Jane elle-même se positionne contre les préjugés sociaux, à l'image du chapitre 23 au cours duquel elle s'en prend à Rochester : « *Pensez-vous que, parce que je suis pauvre (…), je suis sans âme et sans cœur ? Vous avez tort !* » Cependant, il est important de noter qu'à aucun moment le roman n'indique que les limites de la société ont changé. En fin de compte, Jane est en mesure d'épouser Rochester comme son égal car elle a hérité de son oncle.

L'importance de la religion

Tout au long du roman, Jane peine à trouver le juste équilibre entre devoir moral et plaisir terrestre. Elle rencontre trois personnages qui incarnent à leur manière trois différentes approches de la religion : M. Brocklehurst, Helen et St John. Mais au final, Jane opte pour sa propre conception de la foi et de la pratique religieuse. M. Brocklehurst illustre les dangers et l'hypocrisie que l'auteur perçoit dans le mouvement Evangélique du XIXe siècle : privations, humiliations diverses, le modèle qu'il incarne est rapidement rejeté par Jane. Vient ensuite Helen, douce et tolérante : cette fois, c'est la passivité de sa conception de la foi qui rebute Jane, même si elle admire et aime profondément son amie. Bien plus tard dans le roman, l'héroïne rencontre St John, qui illustre plus un christianisme d'ambition et de gloire personnelles. Lui non plus ne parvient pas à rallier Jane à sa vision de la religion. Celle-ci ne renonce pas pour autant à la morale, à la spiritualité ou à sa foi en Dieu. Elle prie fréquemment, aide les plus pauvres et met sa survie dans les mains de Dieu (Chapitre 28). Finalement, Jane parvient à trouver un juste milieu plutôt confortable. Sa compréhension de la spiritualité n'est faite ni de haine ni d'oppression et n'implique pas de retrait de la vie quotidienne. Jane se tourne plutôt vers une religion qui vise à réduire les excès des passions et contribuer à rendre le monde meilleur. Cela comprend notamment une meilleure connaissance de soi et une foi totale en Dieu.

L'égalité des sexes

Jane lutte en permanence pour atteindre l'égalité et surmonter l'oppression des femmes. En plus de la hiérarchie de classes, elle doit affronter la domination patriarcale et tous ceux qui pensent que les femmes sont inférieures aux hommes et doivent donc être traitées comme telles. Trois figures masculines menacent son statut et son combat dans le roman : M.Brocklehurst, Rochester et St John, à différents niveaux. Chacun d'eux, en effet, essaie de garder Jane en position de soumission, dans laquelle elle ne peut pas exprimer ses propres pensées et ses sentiments.

Dans sa quête d'indépendance et de connaissance d'elle-même, Jane doit tour à tour échapper à Brocklehurst, rejeter St John, et attendre le moment propice pour épouser Rochester sur un pied d'égalité.

Rappelons enfin l'importance du Chapitre 12 et des déclarations qu'il comporte de la part de l'héroïne : il constitue en effet une philosophie radicalement féministe pour l'époque.

Dans la même collection en numérique

Escadrille 80
Inconnu à cette adresse
La controverse de Valladolid
Les Vilains petits canards
Une partie de campagne
Cahier d'un retour au pays natal
Dora Bruder
L'Enfant et la rivière
Moderato Cantabile
Alice au pays des merveilles
Le faucon déniché
Une vie
Chronique des Indiens Guayaki
Je voudrais que quelqu'un m'attende quelque part
La nuit de Valognes
Œdipe
Disparition Programmée
Education européenne
L'auberge rouge
L'Illiade
Le voyage de Monsieur Perrichon
Lucrèce Borgia
Paul et Virginie
Ursule Mirouët
Discours sur les fondements de l'inégalité
L'adversaire
La petite Fadette
La prochaine fois
Le blé en herbe
Le Mystère de la Chambre Jaune
Les Hauts des Hurlevent
Les perses
Mondo et autres histoires
Vingt mille lieues sous les mers
99 francs
Arria Marcella
Chante Luna

Emile, ou de l'éducation
Histoires extraordinaires
L'homme invisible
La bibliothécaire
La cicatrice
La croix des pauvres
La fille du capitaine
Le Crime de l'Orient-Express
Le Faucon malté
Le hussard sur le toit
Le Livre dont vous êtes la victime
Les cinq écus de Bretagne
No pasarán, le jeu
Quand j'avais cinq ans je m'ai tué
Si tu veux être mon amie
Tristan et Iseult
Une bouteille dans la mer de Gaza
Cent ans de solitude
Contes à l'envers
Contes et nouvelles en vers
Dalva
Jean de Florette
L'homme qui voulait être heureux
L'île mystérieuse
La Dame aux camélias
La petite sirène
La planète des singes
La Religieuse
1984 A l'Ouest rien de nouveau
Aliocha
Andromaque
Au bonheur des dames
Bel ami
Bérénice
Caligula
Cannibale
Carmen

Chronique d'une mort annoncée
Contes des frères Grimm
Cyrano de Bergerac
Des souris et des hommes
Deux ans de vacances
Dom Juan
Electre
En attendant Godot
Enfance
Eugénie Grandet
Fahrenheit 451
Fin de partie
Frankenstein
Gargantua
Germinal
Hamlet
Horace
Huis Clos
Jacques le fataliste
Jane Eyre
Knock
L'homme qui rit
La Bête humaine
La Cantatrice Chauve
La chartreuse de Parme
La cousine Bette
La Curée
La Farce de Maitre Pathelin
La ferme des animaux
La guerre de Troie n'aura pas lieu
La leçon
La Machine Infernale
La métamorphose
La mort du roi Tsongor
La nuit des temps
La nuit du renard
La Parure

La peau de chagrin
La Petite Fille de Monsieur Linh
La Photo qui tue
La Plage d'Ostende
La princesse de Clèves
La promesse de l'aube
La Vénus d'Ille
La vie devant soi
L'alchimiste
L'Amant
L'Ami retrouvé
L'appel de la forêt
L'assassin habite au 21
L'assommoir
L'attentat
L'attrape-coeurs
Le Bal
Le Barbier de Séville
Le Bourgeois Gentilhomme
Le Capitaine Fracasse
Le chat noir
Le chien des Baskerville
Le Cid
Le Colonel Chabert
Le Comte de Monte-Cristo
Le dernier jour d'un condamné
Le diable au corps
Le Grand Meaulnes
Le Grand Troupeau
Le Horla
Le jeu de l'amour et du hasard
Le Joueur d'échecs
Le Lion
Le liseur
Le malade imaginaire
Le Mariage de Figaro
Le meilleur des mondes

Le Monde comme il va

Le Parfum

Le Passeur

Le Petit Prince

Le pianiste

Le Prince

Le Roman de la momie

Le Roman de Renart

Le Rouge et le Noir

Le Soleil des Scortas

Le Tartuffe

Le vieux qui lisait des romans d'amour

L'Ecole des Femmes

L'Ecume Des Jours

Les Bonnes

Les Caprices de Marianne

Les cerfs-volants de Kaboul

Les contes de la Bécasse

Les dix petits nègres

Les femmes savantes

Les fourberies de Scapin

Les Justes

Les Lettres Persanes

Les liaisons dangereuses

Les Métamorphoses

Les Mouches

Les Trois mousquetaires

L'étrange cas du Dr Jekyll et de Mr Hyde

L'Ile Au Trésor

L'île des esclaves

L'illusion comique

L'Ingénu

L'Odyssée

L'Ombre du vent

Lorenzaccio

Madame Bovary

Manon Lescaut

Micromégas

Mon ami Frédéric

Mon bel oranger

Nana

Ne tirez pas sur l'oiseau moqueur

Notre-Dame de Paris

Oliver twist

On ne badine pas avec l'amour

Oscar et la dame rose

Pantagruel

Le Misanthrope

Perceval ou le conte du Graal

Phèdre

Ravage

Roméo et Juliette

Ruy Blas

Sa Majesté des Mouches

Si c'est un homme

Stupeur et tremblements

Supplément au voyage de Bougainville

Tanguy

Thérèse Desqueyroux

Thérèse Raquin

Ubu Roi

Un Barrage contre le Pacifique

Un long dimanche de fiançailles

Un secret

Vendredi ou la vie sauvage

Vipère au poing

Voyage au bout de la nuit

Voyage au centre de la terre

Yvain ou le Chevalier au lion

Zadig

À propos de la collection

La série FichesdeLecture.com offre des contenus éducatifs aux étudiants et aux professeurs tels que : des résumés, des analyses littéraires, des questionnaires et des commentaires sur la littérature moderne et classique. Nos documents sont prévus comme des compléments à la lecture des oeuvres originales et aide les étudiants à comprendre la littérature.

Fondé en 2001, notre site FichesdeLectures.com s'est développé très rapidement et propose désormais plus de 2500 documents directement téléchargeables en ligne, devenant ainsi le premier site d'analyses littéraires en ligne de langue française.

FichesdeLecture est partenaire du Ministère de l'Education du Luxembourg depuis 2009.

Plus d'informations sur www.fichesdelecture.com

ISBN: 978-2-511-02907-7

Notes :